# 金久美智子の四季の一句

金久美智子
鑑賞　小野　耐

角川書店

# 金久美智子の四季の一句

金久美智子の四季の一句　目次

装丁　菊地雅志

# I

# 春

# 旧正や陰暦暦に月の形

（「氷室」平成十九年三月号）

「氷室」編集室の壁に「太陽・月・星のこよみ」があり、毎日の月の形がカラー印刷されている。「陰暦暦に月の形」というのは発見でもなんでもないが、旧正の日にこう言い留めた意味を考えてみたい。

新暦に慣れた我々は、月を意識した生活を捨ててしまったが、月は潮の干満を引き起こし、人の誕生から死に至るまでさまざまな影響を与える。節句は月を基準にした陰暦で行うほうが季節のずれがない。俳句を作る者には陰暦の暦が手放せない。

# 哀楽のこもごもと春来るなり

（『爽旦』平成十一年）

春は待たるる季節。春は佐保姫、プリマベーラ。女神はとてもナイーブで、おずおずと行きつ戻りつする。三寒四温、名のみの春、春遅々、冴返るなどの言葉がそれを語る。春の近づく足音に耳を傾けるとき、心には、耐えてきた寒さへの思いと、明るい光への希望が交差する。掲句に詠まれたのは、心のふたつのベクトルである。

物に即して詠むというのが俳句の常道だが、この句は目に見えない心の襞《ひだ》に言葉を向けた。難度の高い俳句の作り方である。

春立ちて十日経ちたる身の寒さ

（『くれなゐ深き』平成十四年）

春立つと聞けば寒さもこれまでとの思いもあるが、春分頃までは寒い日が多い。立春から立夏まで約三ヶ月。平均気温は前半の一月半ではわずかしか上昇しないが、後半は倍の勢いで高くなる。〈毎年よ彼岸の入に寒いのは〉と子規の句にあるとおり、春暖は彼岸を過ぎてからである。残る寒さ、余寒、冴返るなど、春寒の季語は多い。

「身の寒さ」は心の麗らかさの対であろうか。春は先ず光の春としてやってくる。明るい陽光や日脚が伸びることで、心は身より先に春を感じるのだ。桜の咲く春本番が待ち遠しい。

# 叡山の全貌春の来たるべし

（「氷室」平成二十五年三月号）

叡山《えいざん》は京都の北東の鬼門にあって都を守っている。嬉しいにつけ哀しいにつけ、人はこの山を仰ぐ。その佇まいに季節や時の推移を感じるのが京の習いである。物みな枯れるころ、夕陽を受けて二藍に染まる叡山は格別に麗しく、山紫水明の美の極致を示す。

くっきりと全貌を現した叡山に春の到来を感じたという句の前半は堅い漢語で言い切り、後半は柔らかい和語で収めた。句の意味や心情をよく反映しているこの表現を習いたい。

# 春の雪刻《とき》ためらひてゐるごとし

（『朱鷺色』平成元年）

今年（平成二十四年）の二月は異常に寒く、南国にも雪が降った。京都では二月二十五日の北野天満宮の梅花祭に、梅はまだ一分咲きくらいであった。真冬よりも立春すぎてから雪の多いのが京都である。風の少ない京都盆地に牡丹雪はゆっくりと平らに舞う。

「冴返る」や「春寒」など遅々とした春の歩みをいう季語は他にもあるが、刻は躊躇《ためら》っているようだと言うとき、「春の雪」はなんと効いていることか。調べも意味も静かに胸に響く。淡雪を手に受けて佇む佳人が見えるような優しい句である。

# 春愁の阿修羅は長き手を合す

（『朱鷺色』昭和六十三年）

戦いの神である阿修羅は憤怒威嚇の相をした像が多いが、「春愁の」と冠するのは興福寺のものにちがいない。眉間に思い詰めた少年の緊張感がある。男性の目には時に少女と見えることもあるらしく、性は未分である。長い手の一組を胸の前で合わせて、寂しさや困惑を怺《こら》えている。これほど内面的な表情の像は世界を探してもないだろう。

表現面では、「春愁の阿修羅」と截断し、美智子俳句にしては、やや生硬な印象を残す。だが、この潔さが阿修羅に相応しいかとも思われる。

大和絵の山の形して蕨餅

（『澍』平成五年）

首陽山に隠れ住んだ伯夷《はくい》・叔斉《しゅくせい》は蕨を食べて露命をつないだ。日本でも蕨の根の澱粉は救荒食だった。今、本物の蕨餅は高級な和菓子の一つになっている。安いのは蕨粉に代えて他の澱粉で作る。甘く煮て冷やし、タテヨコに包丁を入れ、さらに対角線に切る。きな粉や抹茶をまぶして供された三角形。ここに大和絵の山を見るとは、なんと優美な感性だろう。絵巻物に見入る姫君の世界を髣髴《ほうふつ》させる。

食べ物の句は美味しそうに作れという。その鉄則どおり、懐かしさも漂う上品な句になっている。

風神や雷神や春浅くして

（『澍』平成六年）

浅草の観音様へ詣でた時の句。浅草寺といえば特大提灯の下がる雷門、正しくは風雷神門である。ここに風袋を担いだ風神と連鼓を打つ雷神が奉られている。人混みと金網に邪魔されてよく見えない時は、宗達の屛風画を思い出せば間違いない。

浅草は庶民の町。初詣はもちろん花まつりや三社祭、朝顔市から暮れの羽子板市など、人出の絶える日がない。人々は風神雷神に風雨順時、五穀豊穣を祈るのである。細々したことを一切言わず、江戸っ子の口跡のようにからりとして爽快な句だ。

# 雨合羽ごそりと脱ぎて春田打つ

（『朱鷺色』平成五年）

「NHK俳句」平成二十三年三月号に巻頭名句として紹介された。仮に「雨合羽脱ぎて春田を打ちにけり」としてみよう。これでは印象の薄い単なる報告句である。大胆に「ごそりと」を使ったことで臨場感が生まれ、春田打つ勢いまで伝わる句になった。

日常会話的な擬音語擬態語を俳句に用いれば俗に堕ち、陳腐になるは必定。かといって「ほのと」など雅語めかして使うのも鼻につく。滅多には使えないが、選び抜かれたオノマトペはインパクトが強いだけに、記憶に残る句を生む鍵でもある。

ひら〳〵と月光降りぬ貝割菜　川端茅舎

水枕ガバリと寒い海がある　西東三鬼

佳き事もあらむ薔薇の芽太ければ

（『朱鷺色』平成四年）

先師小林康治に死なれた翌年、「心機一転、明るく前を見てと思うことにした」と自註にある。

このたびの大津波で自宅を流された人が、庭に生き残った梅の若木を見出す姿をテレビが映した。泥の中で若木は小さな芽をつけていた。帰らぬ家族を探すこの方は、いとしげに何度も芽を指さしては笑みさえ浮かべて生きる希望を口にされた。

自然は哀しみに沈む人を癒し力づけてくれる。辛いことがあった時は、この句を口ずさんで勇気を奮い起こすよすがにしたい。

# 薔薇の芽の動きはじめに今朝の雪

（「氷室」平成二十六年三月号）

薔薇《ばら》の芽といえばすぐに思い出す歌がある。〈くれなゐの二尺伸びたる薔薇の芽の針やはらかに春雨の降る〉。今も教科書に出ている子規の短歌である。

二尺も伸びんとする薔薇の芽が動きはじめる頃は庭に出るのが楽しい。ある朝、起きると雪だった。まだ幼い薔薇の芽にうすく積もっている。

主宰宅のある京都市南部では、雪は春先に降ることが多い。薔薇の芽は出鼻をくじかれて萎えてしまうのだろうか。その心配は無用だ。植物は強い。球根などは冷やされることで生長のスイッチが入るといわれる。早春の雪は芽生えの予祝のように降り、ものみな潤して季節を歩ませる。

# 瞋恚の目あればたしかに恋の猫

（「氷室」平成二十八年六月号）

犬よりも猫を飼う人が多い猫ブームの世だが、主宰宅に飼い猫はいないから、これは他所の猫だろう。うるさく鳴く声を聞いて恋の猫だと感じることは誰にもある。しかし猫の目に瞋恚《しんい》の光があったと詠まれたことには衝撃を受けた。瞋恚は「自分の心に逆らうものを憎み怒る」の謂いの仏語である。思いどおりにならない恋の苦しさが瞋恚として猫の目に宿ったのだろう。人も猫も「目は心の窓」なのだ。心を読み取る感性と、言葉にする力の双方が冴えていなければこのような句は詠めない。

漢語の強い音を支える調べも緊迫して詠み口の新鮮な句である。俳句で冒険してみよと常々言われる主宰が、自ら一石を投じられた句だと受け止めた。

# 盆梅の一鉢の闇匂ひけり

（『爽旦』平成十二年）

季の詞の元にある七十二候は何度か変更されてきた。「東風解凍《こちこおりをとく》」に続く次候の「黄鶯睍睆《うぐいすなく》」は難解だと思っていたが、貞享暦では「梅花乃芳《うめのはなかんばし》」であったことを最近知った。このほうが現代の生活感覚に近いと嬉しくなった。菅原道真の歌が今更に思い起こされる。〈東風吹かばにほひおこせよ梅の花主なしとて春を忘るな〉（結句は「春な忘れそ」ともされる）。この歌に飛梅伝説が加わり、道真を祀る天満宮には梅の木が欠かせないものとなった。

梅の美点の第一は高貴な香である。「色よりも香こそあはれと思ほゆれ」として、季語にも夜の梅などがある。梅の匂う闇を詠んだ掲出句は、中七の助詞を「に」ではなく「の」とした点を味読したい。

# 釜座《かまんざ》も銀座も伏見つばめ来る

（『爽旦』平成十年）

伏見は秀吉の築城後栄えた商業都市である。銀座の地名は全国にあるが、日本で最初の銀座はここに家康が創った。現在は堤防沿いに酒蔵が並び柳が揺れる。この街に燕はよく似合う。縦横に飛び交う燕に、維新の志士が駆け回った姿が重なって見える。坂本龍馬も口にしたであろう伏見の酒は女酒といわれ、まろやかだ。中硬水の伏水によって醸される口当たりの優しい酒。

何百年の歴史の積もった地名に、今年の燕を点睛として、結社の拠る地への挨拶句とした。

阿武隈川光るを指せば蕨萌ゆ

（『踏繪』昭和六十二年）

蕨は春の魁《さきがけ》として日当たりのよい山野に萌え出る。万葉人は、石激る垂水《たるみ》の上の早蕨を詠った。句は、眼下に光る大河と足もとの蕨の組み合せ。遠くを指す細い指と、人が手を拳ったような形の蕨。これらの対比を抱える掲句には三つも動詞がある。いずれも結節点として外せない語である。動詞の多用を避けるという一般論にとらわれていては、これほど印象鮮明な句は成るまい。

光太郎と智恵子の姿が髣髴とする。「あれが阿多多羅山、あの光るのが阿武隈川」と指さして語る声が聞こえる。

つばくらの口説《くぜつ》を見をり解りけり

（『爽日』平成十年）

燕は人に近いところにいる。大きく口を開けて餌をねだる雛や、電線の上などで鳴き交わす燕は誰でも知っている。なるほど彼等はお喋りをしているように見える。しかし、それを口説と捻《ひね》ることは一体誰にできただろう。さらに「聞く」ではなく「見る」で受けた捻りも面白い。結びは「…をり…けり」と脚韻を踏み、弾んだ明快さがある。生き物と一体化したのではない。一茶流の応援歌でもない。読者が作者と燕に向かってにっこりと微笑むことができるような、距離の取り方が絶妙な句だと思った。

制服の少女の手足進級す

（『爽旦』平成十二年）

入学や卒業と比べて進級にはさほどの哀歓はないかもしれないが、子どもの成長の一節目である。詠むとき「手足が伸びて進級す」とついやってしまいそうな気がする。しかし、これでは単なる報告にすぎないだろう。「少女の」と限定し、「手足」で切るから俳句になる。女の子のしなやかな四肢が眼前に浮かび、少女の時が束の間に過ぎ去ることへの愛しさも余情として滲み出る。

俳句は諸人旦暮の詩とか。他の佳句はさしおき、掲句で基礎を復習して私も進級したいと思う。

# 逢はぬまま芽柳となり靡きをり

（『氷室』昭和五十八年）

春になったら逢いましょうという約束を温めているうちに柳が芽を吹いた。「柳桜をこきまぜて」といわれる都の春は、出会いにしても別れにしても艶な哀愁がある。逢ったら何を話そう、どこへ行こうかと胸を膨らませた待春の頃は空しく過ぎた。気がつくと芽柳は青々と風に靡いているではないか。逢えぬまま春が闌《た》けていく。柳の靡く姿は作者の人を思う心と重なる。気持ちが若くないと詠めない句だろう。

「時は暮れ行く春よりぞ　また短きはなかるらむ」（藤村）。

# おぼろ月掲げて地軸傾ける

（「氷室」平成二十五年四月号）

夢のような朧月が出ている。月という衛星をもつ地球は地軸を約二三・五度傾けて太陽の周りを公転している。このお陰で四季が巡るのだが、地軸の傾きをほぼ一定に保ってきたのが月の引力である。このような科学的な知識を詩的に昇華して詠むのは至難のわざである。

〈水の地球すこしはなれて春の月〉に対して、頭で作った句だと非難の声があった。が、作者の正木ゆう子氏は実感の句と書いている。「水神様の石段に座っていると、太陽が顔をあたたかく照らす。振り向くと東に月が上がっていた。月と地球がいま並んで太陽に照らされている、と気づいた」と。「月は東に日は西に」と詠んだ蕪村の時代とは違う感覚である。

宇宙を知った現代人は、科学用語を使いこなして新しい情趣の俳句を生み出せるだろうか、今後が俟たれる。

# 靄としかおもへぬ春の雨に濡れ

（『爽日』平成十年）

句を見た瞬間、歌が口をついて出た。「降るとも見えじ春の雨、水に輪をかく波なくば、けぶるとばかり思はせて……」（四季の雨）。調べてみると大正初期の文部省唱歌である。百年前のこの歌を今も歌えるのが不思議でならない。単純なリズムと七五調の歌詞が覚えやすいせいだろう。七音五音は日本語の音数律の基本で、我々にはこれを心地よく感じる遺伝子があるにちがいない。折に触れて浮かぶ名句は調べのよいシンプルなものが多いことに改めて気づかされる。

英語では「四月の雨は五月の花を咲かせる」という。一雨ごとに春が深まってゆくのだ。春雨に濡れることを楽しむ日があってもよい。

# かなしみをかたちとしたり花貝母

（『くれなゐ深き』平成十六年）

花は取り合わせに使うのではなく一物仕立てで詠みたい、こう思うようになった契機は〈たましひの呆けあそびの返り花〉（P124）だった。私には、説明句以上にできたためしがない。そこへまた現れた一句一章の花の句が掲句である。

本誌でもすでに評されたが、貝母はなんと寂しげな花か。青ざめたような淡い黄緑色に俯いて咲く姿は華やぎの対極にある。それを寂しげと言ったのでは、外から見た表現にすぎないが、作者は貝母になりきったように詠んだ。憑依する能力をお持ちなのか、距離をおかないこの言葉はどうしたら出てくるのか。整った調べに思いを載せて、一読忘れがたい句である。

# 陽炎を釣りゐるごとき二人かな

（『くれなゐ深き』平成十四年）

芭蕉の「笈《おい》の小文《こぶみ》」に〈枯芝ややかげろふの一二寸〉、〈丈六にかげろふ高し石の上〉の二句がある。前者の「やや」は「まだ」が初案であったらしい。「まだ」のほうが意味は分かりやすいが芭蕉は残さなかった。考えてみたい推敲例である。

後者は「丈六の尊像は苔のみどりに埋れて」いたが、陽炎が石の上に高く立っていたという。陽炎は丈六仏の姿を心のうちに描き取らせてくれるようだったと隠喩的に詠んだものであろう。

掲句は釣果のない釣り人を、まるで陽炎を釣っているようだと直喩的に詠んだ。のんびりと長閑《のどか》な太公望。眠気を誘うような春の昼である。

袴取る間にも闌けゆくつくしかな

（『くれなゐ深き』平成十四年）

町中から土が消えた現代、土筆ほど懐かしいものはない。たまに見かけると〈まゝごとの飯もおさいも土筆かな〉（星野立子）と遊んだ記憶が蘇る。お菜にするには土筆が闌けて固くなる前に袴を取らねばならない。卵とじにするか油で炒めるかなどと考えながら指を動かすのは楽しいが、出来上ったものはなんともほろ苦い。春の息吹を戴く心でほんのひとくち賞味すべきものだろう。〈約束の寒の土筆を煮て下さい〉と川端茅舎は詠んだ。病身であった人が幻の寒の土筆を希求する句は読む者の胸を打つ。

いのちは悠久の時間の中の一齣《ひとこま》だ。与えられた条件で生命の灯をともす定めは土筆も人も変わらない。

庫裡の土間明け渡さるる初燕

（『くれなゐ深き』平成十七年）

初燕が来た。東南アジアから数千キロの旅をしてきた燕だ。生まれ育った所を覚えていてよく帰ってきたたと、早速庫裡の土間を明け渡してやる。寺の周辺は巣を作るための泥や藁なども得やすい。巣を落とされる心配も外敵の危険もなく、燕は安心して巣作りを始めることだろう。

四月半ばに卵を産み、五月の節句の頃には雛が孵る。雛が巣離れするまで親燕は日に何度も餌を運ばねばならない。その出入りのために庫裡の戸は常に開けたままにされるのだろう。子育てを終えた燕が葭原などの集団ねぐらに移って行くまで、燕を見守る楽しくも贅沢な暮らしが今日から始まるのだ。

こんな想像をしている作者が見える句である。

きさらぎの水に放ちて独活にほふ

（『澍』平成六年）

独活の皮を剝いて水に放つ、厨《くりや》に立つ女性ならではの句である。清冽な水を得て独活は瑞々しく香る。「きさらぎ」の鋭く清らかな響きが句を引き締めている。観念的な句作りでは、季重なりが気になって、このようなすっきりした句は詠めないだろう。

「匂ふ」はもともと明るい色を表す語であった。大正時代の唱歌「朧月夜」に、「夕月かかりて匂ひ淡し」とある。平仮名の「にほふ」からは、独活の香りとともに早春の緑も眼前に立ち上るようだ。繊細な季節感を雅にきりりと詠い上げた句。

春落葉に飽きし箒が拝殿に

（『爽旦』平成九年）

よく掃かれた境内、箒目の残る道の清々しさに心洗われて拝殿まで来ると、箒が投げ出されている。まあまあ、こんな所にほったらかしてという声と、物陰でにっと笑う拾得《じっとく》の姿が浮かぶような句だ。

肉眼に映る景を詠むだけが俳句ではないとしても、この大胆な感情移入には驚かされる。春の落葉であるからこそかと、いつも後付で考える者には及びもつかない直感の冴え。潔い表現に俳諧味が潜む。

拾得は焚き寒山は掃く落葉　龍之介

しんしんと散りて南殿《なでん》の桜かな

（『爽旦』平成十年）

平仮名の「しんしん」には深々、沈々、森々など多様な意味合いが含まれる。〈しんしんと雪降る空に鳶の笛〉（茅舎）。〈しんしんと寒さがたのし歩みゆく〉（立子）。夜が更ける様にも言い、蟬や遠蛙の鳴くのにも使う。最も個性的な用例は篠原鳳作〈しんしんと肺碧きまで海の旅〉だろう。

掲句は桜の散る様に使った。紫宸殿の庭に桜は咲き満ち、閑かに散り続く。人の気配も物音もなく作者と桜だけが紡ぐ世界。絢爛たる春の滅びゆく美しさがしんしんと染み入る句である。

逃げ水や明智が越えし老いの坂

（『朱鷺色』平成三年）

「東路にあるといふなり」の古歌で、武蔵野にあると伝えられた幻の逃げ水。現代では舗装道路上に頻出する。熱せられた路面に水溜りがあるように見える現象である。

老ノ坂は山城丹波の国境の峠にある坂である。光秀が、「時は今」と信長を討ったのは水無月の初めであった。その最期を思うとこの坂の名は胸にこたえる。本能寺で信長の首級は遂に上がらず、天下の掌握も叶わなかった。近づけば消える逃げ水は明智の夢の諷喩《ふうゆ》ともとれる。季語、人、所が絡み合って語ることの多い句である。

# 葱坊主食へぬ硬さとなりにけり

（『くれなゐ深き』平成十六年）

葱は利用法が広く薬味としても年中欠かせない。京都の九条葱は葉葱の上品とされるが、葱も植物である以上花が咲く。無数の小花が球状に集まった葱坊主である。畝で背比べをするように並んでいる姿は可憐だが、こうなると葱は硬くて食べられない。

葱坊主という擬人的言葉のせいか、自分のことを言われたようにも思える句だ。人も薹《とう》が立ってしまうと煮ても焼いても食えないことになる。好奇心や感受性を失い、人の言葉に耳を傾けず頑なになりがちだ。身体も頭も心も柔軟でありたいものだ。

# 恋の首尾言はず腰振り壬生の面

（『澍』平成八年）

壬生狂言は仏の教えを一般民衆に分かりやすいように身振り手振りで展開する無言劇である。

人指し指を立てて私・一人を示し、両手で胸を撫で下ろして安堵を表し、頭を振って否定したりするのは、日常誰もがする仕草であるが、舞台ではこれらを大袈裟に演じる。腰を振るのは現実世界ではいささか憚られるだけに、壬生狂言でこれをすると観客はどっと沸くのである。

浮気な亭主や好色な狸親父の面をつける演目だ。後でどんでん返しが来るのも知らず、恋が叶ったと喜んで腰を振る場面は、思い出すだに笑いが込み上げる。狂言の数多い所作のなかで、これを採り上げた眼力がすごい。

赤松の逆立つ鱗春時雨

（『くれなゐ深き』平成十七年）

ぱらぱらと急に降っては止む時雨は単なる通り雨ではない。『後撰集』に〈神無月ふりみふらずみ定めなき時雨ぞ冬のはじめなりける〉と詠まれてから、時雨は、人の世の定めなさ、はかなさを感じ取る雨とされてきた。地形的に京都は時雨の多いところである。京都人の季節感情に磨かれて時雨は自然現象以上のもの、つまり人生を象徴するものとなった。

掲句は金閣寺の景ではないかと思う。あたりは北山時雨で知られる所であり、春も時雨れて松の緑を洗う。苑には姿のよい赤松が多く、見返り美人さながらの嫋やかさで立つ。松の幹が鱗のようだとは誰もが感じるが、逆立つという表現にまでは至らない。この一語で女松が凄みをもって迫ってくる。

## 流れ橋渡りきるまで揚雲雀

（『くれなゐ深き』平成十六年）

戦後間もない頃、木津川の渡し場に橋を架けるにあたり、苦しい財政事情から木の橋と決まった。増水時には流され、水が引いたあとに橋桁を回収して元に戻す仕組みの簡易な橋である。それ以後二〇回以上も流れては修復され「流れ橋」の名が定着した。

水面からの高さは低く欄干もないが、全長は三五六ｍもある。幅三ｍの橋は車が通らないので、蹠《あしうら》に木の感触を楽しんでゆっくり歩くことができる。河原の草叢や茶畑から鳥の鳴き声がするのも嬉しい。辺りに電柱がないので時代劇のロケ地としても使われ、山河の美しかった昔を懐かしく実感できる所だ。

橋を渡りきるまでずっと雲雀の声が聞こえたということで、春を満喫された喜びが伝わってくる。

# つまどふか百舌鳥もやさしき春の唄

（『くれなゐ深き』平成十六年）

宮本武蔵筆という「枯木鳴鵙図《こぼくめいげきず》」がある。鵙は高い枝の先に止まって眼光鋭く前を見据えている。縄張りを宣言して高鳴きする声が聞こえてきそうだ。鵙の気魄が武蔵のイメージと重なるような水墨である。鵙は肉食で、虫や蛙などを「早贄《はやにえ》」として木の枝に突き刺したりすることでも知られる。かように気性の荒い鵙も、春には優しい声で求愛の唄を歌う。他の鳥の声を真似るので百舌鳥とも書く。〈鶯の声かと紛ふけさの百舌鳥〉（和田祥子）、〈夕鵙の雀のまねをして去りぬ〉（山口青邨）などがある。

掲出句は「つまどふ」という優しい和語に導かれて鵙の声を「春の唄」とした。麗らかな鵙の声を聴き分けてみたいと思わせる句である。

# 春の川搗くものなしに大水車

（『くれなゐ深き』平成十四年）

テレビのなかった子どもの頃、ラジオを通していつの間にか覚えた歌に「森の水車」というのがある。歌は「コトコトコットン　コトコトコットンいつの日か　楽しい春がやって来る」と繰り返す。川が暮らしの中に溶け込んでいた時代、流れの脇には水車小屋があり粉を挽いたりしていた。「したたり止まぬ日のひかり　うつうつまはる水ぐるま」と詠んだのは室生犀星。水車が零す日の光は記憶の中を流れ、春愁の思いをそそった。

実用面では必要なくなった水車を今も回している川がある。水が綺麗で日本の原風景を感じさせてくれる所である。春の川には水車がよく似合う。

# 青丹よしさくらさくらと目が遊び

（『爽旦』平成十二年）

「青丹よし」と言えば奈良であり、奈良と言えば芭蕉の〈奈良七重七堂伽藍八重ざくら〉が膾炙されている。いにしえの奈良の都の桜は寺社を荘厳してことさら趣深い。

奈良に遊んだ一日、満目の桜に心奪われて作者は恍惚となっている。優しい平仮名の句は、漢字の多い蕉翁の句と一見対照的ながら音楽的な構造美が共通する。上五の切れ、中七の明朗な調べ、言いさした下五の三層がバランスよく余情を生み出している。

余談になるが、かつて大仏殿にはその倍ほどの高さの七重の塔が聳えていた。現在発掘調査中だが、塔が復元された暁には、「奈良七重」の句の鑑賞の仕方も変わるかもしれないと楽しみにしている。

# Ⅱ

# 夏

ハンカチの軽さを膝の楯として

（『踏繪』昭和六十一年）

女のハンカチは実用のものというより、その人の象徴のようなものだ。オセロのドラマではハンカチが鍵を握る。芥川は、穏やかに語る卓の下で、女の震える手がきつく握っていたハンカチを書いた。

「膝の上に載せ」といった凡な描写ではなく、「楯」の一語で女人像が浮かび上がる。薄いハンカチ一枚が、向き合う相手に対する構えなのである。

五七五で書いた小説のような句だ。

ひきがへる一歩晩年はじまるか

（『澍』平成五年）

「蟆《たにぐく》のさ渡る極み」とは地の果てのこと。およそ地上に関するかぎり彼（蟾《ひき》蜍《がえる》）は到らぬ隈なくすべてを知悉している、と万葉人は考えた。人を恐れずじっと蹲る、あの土色の疣《いぼ》を負った姿は、まさに大地の精霊と見えたのであろう。何か測り知れないものの存在を感じさせる異形のもの。その蟾蜍に「晩年」の語を斡旋した直感の冴えに驚き納得する。前代未聞の、他の追随を許さぬ句。

瓜を揉み忘れゐしこと忘れしむ

（『踏繪』昭和六十一年）

手を動かすと脳は刺激される。瓜を刻んでいてふと何かを思い出す、こんな経験はよくある。掲句は「思ひ出す」を見えない踏切板とし、その先に跳躍した。そして静かに着地した。この心の玄妙さは、散文で書けば数百字も要するだろう。俳句はかくもシンプルに言い留められるのだ。

〈考へを針にひつかけ毛糸編む〉（上野泰）。これも手と頭の関係を詠んだ句だが、機智が目立つぶん奥行きに欠けるようだ。私の目には外からの浅い把握と見える。「氷室」俳句は一人称を標榜する。

# 思ふまま風吹き通れ更衣

（『朱鷺色』昭和六十二年）

四月一日（朔日）という珍しい苗字がある。「わたぬき」さんである。陰暦の四月一日に綿入れから袷に更衣したことからこう読む。年二回の更衣の風習は、新暦になった明治以降も、官庁や企業が取り入れた。現代では六月に生徒の制服が一斉に白い夏服に替わるのが風物詩になっている。

更衣は衣服だけでなく調度の夏仕度も含むもの。涼しげな葭戸なども想起させる大きな季語である。「風吹き通れ」と言い切るところから、はや、爽やかな風が湧く感じがする。言霊《ことだま》のさきわう句と言えよう。

# 家刀自といふべく老いて更衣

（『爽旦』平成十二年）

家族の要にいる頼もしい母、てきぱきと家事をこなす主婦、人捌きに長けた内儀、対外的な代弁者、先祖を祀る人、これらすべてを兼ねる家刀自は、核家族の多い現代では絶滅危惧種のような女性かもしれない。古い家と節目を守って諸般を指揮する家刀自あってこそ、更衣も夏座敷も成り立つ。一語の抜き差しもならぬこの句がそう言っている。

暮らしのありようは急速に変わった。家刀自は老い、更衣の文化も消滅しつつある。冷暖房装置の快適さと引き替えのように。

麦秋や命終のことを立話

（『澍』平成六年）

みずみずしい緑の中で、収穫期を迎えた麦畑は黄金色に耀く。眩しい光の中で立ち話している二人。麦秋の明るさが命終の話の陰を打ち払う。身近な人の最期を立ち話して不謹慎というわけのものでもなかろう。話が弾み、望ましい死のことに及んだりするのも人の日常であり、構えずに詠むのが俳諧である。

「麦秋」という映画があった。どこにでもありそうな日常を丁寧に撮った小津安二郎。その一シーンかと錯覚するような印象鮮明な句だ。

村百戸寺十二坊青岬

（『爽旦』平成十一年）

全句漢字の句を試みるのは一興だ。しかし作者が面白がる割にパッとしないケースが多い。理に落ちてふくらみのない句になりがちなのだと思う。

掲句は、字面は礫《つぶて》を投げたように武骨だが、音にして読んでみると柔らかい。主な漢字を訓読みするうえ、俳句の調べに沿って無理なく言葉が並ぶからだろう。数字も効いて描写に優れた句になっている。

次のような数字を含む漢字句もおもしろい。

東山三十六峰懐手　西野文代

妖村正二尺四寸雪催　稲島帚木

終町《はてのまち》といひて京なり時鳥

（『澍』平成七年）

時鳥は山の精の声か。「酒屋へ三里豆腐屋へ二里」のような山中でないとなかなか聞けない。〈谺して山ほととぎすほしいまゝ〉の名句を久女が得たのは英彦山《ひこさん》だった。その時鳥を京で聞いたと句は言う。左京区上終町の辺りは市街地だが、山が近いので時鳥を聞くこともあるのだ。

退職後は地方に移り住んで晴耕雨読の生活をと望む人も多いが、田舎の学問より京の昼寝という諺もあり、文化の集中する都市の魅力は捨てがたい。住むなら文化も時鳥も味わえる所がよい。山紫水明の古都の魅力を改めて知らされる句である。

# 今生に聞くべきほどをほととぎす

（『くれなゐ深き』平成十四年）

俳句を嗜んでから花や鳥に心惹かれるようになった。鳥の声で一番聞きたいのは時鳥だが遺憾ながら町中では聞かれない。賀茂の奥では鳴いているだろうと牛車で遠出する話が枕草子にある。昔でさえこうだった時鳥を、作者はどこで聞いたのだろう。

ある年、句友と柳生の里の菖蒲田に行ったことがある。蕾がちの花に落胆していると時鳥が鳴いた。久女の句のとおり、山に谺してほしいままに鳴く時鳥に堪能した一日だった。

「今生に聞くべきほど」とは、思い残すことはないくらい一生分聞いた、ということだろう。「見るべきほどのものは見つ」の語を残して壇の浦に沈んだ平知盛が思い出される。時鳥の名句は数多あるが、人の魂を誘い出すような鳴き方の時鳥に相応しい激しい句である。

# ふりかぶる花の千筋に栗老いぬ

（『氷室』昭和五十七年）

しだれ花火が落ち掛かったように、細い紙縒《こより》のような穂を垂らす栗の花。少しの風にも髪振り乱すごとく揺れては、あの独特の匂いを振りまく。命そのものを感じさせるむんとした匂い。

句は、力強い歌い出しから流れて叙情的な細やかさに連繋し、生命の絶巓に兆す老を捉えて終わる。澄明な切れ味と余韻を併せもつ魅力。この感じはグリーグのピアノ協奏曲イ短調によく似ている。他の夾雑物と取り合わせたりせずに一物仕立てで栗の花を詠み切った、腕力のみえる句である。

蟻地獄待つことのみの旦暮かな

（『氷室』昭和五十六年）

薄羽蜉蝣の幼虫は地面に擂鉢状の巣穴を掘る。巣穴も幼虫も蟻地獄という。この虫は蟻やダンゴ虫が落ちてくるのを辛抱強く待つ。二、三ヶ月獲物がなくても平気らしい。何か待つところのある作者は、この虫と一体化している。巣の底でキバ（大顎）を開き、身構えて待つ明け暮れ。それは、翅を得て自由に飛ぶ姿を夢見る日々。待つことは嘆かわしいことではない。人を待ち、便りや結果の到来に指を折り、花咲く日を想うとき、人は幸せにいる。句は待つことの恍惚を詠ったと解したい。

# さみしくて青梅の臀爪弾く

（『踏繪』昭和五十九年）

笊《ざる》一杯の青梅がある。梅酒に漬けるには、梅の蔕を一つ一つ竹串で弾き落とさねばならない。このような指先の反復作業に没頭していると、心は求心的になっていく。心の中に錘《おもり》が降りていくのを「さみしくて」と言ったのだろう。

青梅の匂いに似た甘酸っぱいさみしさは、孤独や寂寥とやや違う。ほのかに陶酔感が漂う甘さは救いにつながっていく。

# 伴天連の転びを赦し椎の花

（『爽日』平成十一年）

長崎は出津教会堂での作である。近くには遠藤周作文学館がある。この句は遠藤周作の『沈黙』一冊に匹敵する。
穴吊りの拷問にかけられた伴天連は、棄教したあと、長く別の苦しみに生きねばならなかった。伴天連ほどではないとしても、受苦、試練、愛に無縁の人はいない。人の気高さも弱さも神はみそなわす。すべてを赦すかのように椎の花は強い匂いを放つのである。

# 鮮しき夜空となりぬ今年竹

（『氷室』昭和五十七年）

筍は一日に一メートルも生長することがあるようだ。伸びるだけ伸びた筍は皮を脱いで竹になる。そして翌年にはもうほとんど伸びも太りもしない。こういう竹の特徴を捉えた語が今年竹である。

季語にすでに含まれていることを言って、屋上屋を架すような句を作ってはつまらない。掲句は空の感じが改まったことで伸び切った竹を示した。まことに鮮しい句である。こういう目を持ちたい。

やがて来る季節には今年米・今年酒という季語もある。新米・新酒と使い分けて詠んでみたいと思う。

# 影と出て鼬が走る梅雨の月

（『朱鷺色』平成元年）

助詞を巧く使うことは俳句表現の要諦かと思う。例えば「風の袂」の「の」一文字は説明的描写にまさり、「雨を来て」の「を」は表現の圧縮が効いていかにも俳句的だ。掲句の「影と出て」の「と」も、多様な意味を意識して使いこなしたい助詞である。

目の前を黒い影のようなものが過ぎ去った。鼬だ。しなやかな胴体に短い四肢をもつ鼬は、地を這うように走り、すばしこく鶏などを襲う。佐渡の飼育ケージに忍び込んで、大切な朱鷺を食い殺したのも鼬の仲間だった。そんな鼬には梅雨の月が似合う。

# 櫻桃忌あとへ引けぬといふことも

（『朱鷺色』昭和六十三年）

桜桃忌は、玉川上水に入水した太宰治の遺体が発見された六月十九日。三十九歳の誕生日でもあった。当時からさまざまな憶測を生んだ事件だが、後には引けない事情があったのだろうと受け止める一方で、自分もそういう状況に来ていることを匂わせている。

来るところまで来てしまったら、人がどう言おうが前へ前へと行くしかない。こういう形で俳句にかける思いを宣言されたのち、四年ならずして「氷室」創刊主宰に至られたのだ。

# くちなしにくちなしの白おのづから

（『朱鷺色』平成四年）

太陽光線をあらゆる波長にわたって一様に反射するとき、物は白く見えるというのが理科的な説明だが、白い花には色を超絶した神聖さを感じる。犯しがたいこの白はどこから生じるのだろう。

木蓮や牡丹にも白咲はある。だが「白おのづから」と言えるのは梔子を措いてないだろう。その蕾は筆の穂の形に堅く巻いている。解れつつ白さを増すとき、花びらの縁に残る翠が美しい螺旋を描く。開くとビロードのような白。永遠にと願わずにおれない清らかさを時は容赦なく汚してゆく。これもまたおのずからのことである。

# ほととぎす固き豆腐を朝食うべ

（『澍』平成五年）

もう数年も前になるから曝《さら》してもよいだろう。掲句の紹介に「口語風の言葉が面白い」と書いた俳誌があった。どこを押して口語風と言うのか。口語風と言う以上、俳句の多くが文語体の詩であることはご存じらしい。だが文語を知らないために「食《た》うべ」が読めず「くうべ」と読んでしまったようだ。それでは句の雰囲気や格調が変わってきてしまう。文語は俳句の韻律と普遍性を支える骨である。朗誦して文語の調べを感得したいものだ。最近は弛んだ句が多いので特にそう思う。

似し顔もなくて羅漢は蚊を出しぬ

（「氷室」平成十九年九月号）

深草の石峰寺の羅漢だろうか。羅漢はみな仏弟子・聖者である。あるいは泣きあるいは笑う像は日本人には遠い面相なのだが、拝すれば死んだ父母や近親者に会えるとされる。藪の中の羅漢は歳月に風化して、誰かの面影を重ねることもしやすい。だが似た顔もなかった。そのうえ蚊まで差し向けるとは酷い羅漢様だ、と皮肉を言う体の軽妙な句だ。蚊を吐く、蝶を放つという句をあげる。

叩かれて昼の蚊を吐く木魚哉　　漱石
磨崖佛おほむらさきを放ちけり　　黒田杏子

# でで虫の角は折れざりちぢむのみ

（「氷室」平成二十七年五月号）

でんでん虫の角は折れない、縮むだけだとはおかしな句だ。虚子にも当たり前のことを言って人を食ったような句があるが、表現を凝らす俳人にして子供っぽいともいえる直截な言葉遣いをするのはなぜだろう。掲句は、心の折れそうになった時の想いを蝸牛に託したのではないかと想像する。

蝸牛は触ると殻の中に体を引っ込めて動かなくなる。そんなことから「舞へ舞へかたつぶり、舞はぬものならば馬の子や牛の子に蹴させてん踏み割らせてん」と囃す今様がある。遊ぼうよと呼びかけているのだが、愛嬌のある蝸牛は人を微笑ませ、屈託を慰めてくれる。かたつむりに倣って危機を乗り切ろうとしているのではないかと思う。

涼しさや鮫はただただ回游す

（『くれなゐ深き』平成十五年）

前後に沖縄の句があるので、これは美《ちゆ》ら海《うみ》水族館の甚平鮫のことだろう。目の前に白い腹が迫ってくると思わずのけ反ってしまう大きさである。だが性格は至っておとなしく、人を襲う鮫ではないらしい。海では、周囲に鰯や鰹などの群が付いていることがあり、漁師は福の神のように思ってきたという。

大水槽を誇る水族館が競ってこの鮫を飼育するのも故なしとしない。甚平鮫は愛嬌をふりまくでもなく、巨体に物を言わせる荒い動きをするでもない。ただただゆったりと回遊する。これを涼しいと感じるのがわれわれ日本人なのである。夏の暑さに涼味は快い、心に感じる涼しさはなおのこと。

沖縄の梅雨や若きら濡れ歩く

（『くれなゐ深き』平成十五年）

気象庁によると、沖縄の梅雨入りは早い年で四月中旬、平均的には五月九日とされる。「うりずん」や「若夏」といわれる頃である。うりずんは地が潤い麦の穂の出る季節、草木がさらに緑を増して生い茂る時期が若夏である。この沖縄独自の言葉には、本州の春や初夏とは違った明るい語感がある。

沖縄では梅雨と言っても何日も陰鬱に降り続きはしない。スコールのようにザーッと降り、降り止むと青空が広がる日も多い。暖かい沖縄では人々は平気で雨の中を濡れ歩く。「若きら」が効いている。「紙の体でもあるまいし」と嘯《うそぶ》いて雨の中を闊歩した若き日が誰にもあるだろう。そんなことを懐かしく思い出して微笑みと元気を誘われる句である。

# わらわらと増えてぞくぞく子かまきり

（『爽旦』平成十年）

擬音語、擬態語が多いのは日本語の特徴とされる。「日本語オノマトペ辞典」は四五〇〇語を収録している。それによると「わらわらと」は平家物語に使用例がある古い言葉で、散り乱れている様をいう。「ぞくぞく」は続々または簇々。簇々は「管家文草《かんけぶんそう》」に「雲簇々」とある語で、群がり集まる様のこと。「続々」「簇々」にそれほどの違いはないとして仮名書きにされたのだろう。

孵化した幼虫の群は一人前に鎌を構えて動き出す。何も何も小さきものはうつくしい（可愛い）。わらわら、ぞくぞくの平仮名は命の賛歌の音符となって子蟷螂を現前させる。俳句でのオノマトペ使用はかく大胆に、かつ細心にありたいと思う。

## 祇園会や乙女の素足塗の下駄

（「ウエップ俳句通信」六号　平成十三年）

今年（平成十八年）の山鉾《やまぼこ》巡行は雨だった。宵山《よいやま》の日は、なんとか持ちこたえる空の下、浴衣の娘たちが夢見心地で歩いていた。浴衣は今では一種の晴着である。祇園祭には浴衣がよく似合う。

句では浴衣は言わず、足元に焦点を絞った。誰がどうした・何がどんなだ、と言わない俳句。述語がないこの句法は、ステレオタイプと謗られる惧れもあり、選択する名詞が句の成否を決める。

名詞と助詞だけの弾んだ調べの句。

母のみが朱鷺色といふ蓮咲けり

（『朱鷺色』平成三年）

『日本書紀』に桃花鳥と記される朱鷺は、江戸時代までは日本全国にいたという。羽毛は白いが翼や尾羽の裏側は淡橙赤色を呈す。古人はこれを鴇色《ときいろ》と呼んで日本独特の色名にしてきた。変化に富む四季に恵まれて日本人の眼は繊細な色を見分ける。表す言葉も四十八茶百鼠といわれるほど多い。だが蓮の花を朱鷺色と言える人はもういない。今は色名もカタカナが幅を利かせる。
朱鷺を絶滅に追いやり、風情ある豊かな色名を忘れ去る文明とは何かと考えさせられる。濁りに染まぬ蓮は四日の命を朝ごと微笑む。

子のをらぬ子の部屋肥えし紙魚走る

（『澍』平成七年）

子どもは進学・就職・結婚などを機に家を出る。自立の時が来て未来へと巣立つのだ。残された親は「空の巣症候群」といわれる状況におちいる。掲句では親の思いを語る言葉はない。子の部屋を紙魚が走ったと言うのみである。しかし「肥えし」一語のなんと雄弁なことか。子を失った歳月を喰って紙魚は太った。一瞬の直感を端的に言う鋭さ。思いはこのようにも語れるのかと驚嘆する。

俳句は寡黙なもの、季語に思いを託すものであると改めて思う。

# 癒えし日のための白地とひろげ見て

（『氷室』昭和五十六年）

この白地が仕立て上がる頃には病も癒えているだろうか。待つ想いに女の胸は膨らむ。

インスタントばやりの現代人は、この幸せの種子を育てない。なんであれ、現実になった時の喜びの大きさは、それまでの夢みる想いの深さに比例する。これは誰でも知っているはずなのだが。

さて、この句のような「て止め」は、曖昧で思わせぶりだと嫌う向きもあろう。しかし、揺漾《ようよう》する思いには相応しいと思える。終止形できっぱり止め切れない纏綿《てんめん》たる情緒を味わいたい句。

# あしたまた遊ぶ話を川床涼み

（『澍』平成六年）

昨年（平成二十年）の氷室大会を思い出す。貴船で牡丹鍋を囲んだあと、一年後の再会を約して別れたのだった。掲句は「あしたまた」と言う。俳句仲間は吟行と称する遊行《ゆぎょう》に、次はどこへ行こうかと遊ぶ話が尽きないのだ。四住期の考えでは、生涯の最後の部分を遊行期というが、これを都合よく解釈すると、自由に生きて遊ぶの意味になる。それ故か中高年はよく遊ぶ。

川床涼みは蒸し暑い京都の雅な遊びである。緑深い貴船はカワドコ、市中の鴨川の桟敷はユカと分けて言う。灯の下で歓談する姿が見えて楽しい句。

# 祭足袋脱がれ男の嵩をなす

（『踏繪』昭和六十二年）

神事である祭に女は加われない。京の祭といえば祇園会だが、山や鉾のことに携るのは男のみ。女は家内の設えや儀式に出向く男の準備など見えないところを支える。そういう立場であるから、脱がれた祭足袋が目につくのである。足の形を留めたように嵩高く脱がれた足袋。何とかの大足とかからかいたいような気持ちも覚えつつ、「蘇民将来」の子孫としての働きを頌《たた》えているのだ。足袋の汚れも頼もしくいっそ美しい。〈祭笛吹くとき男佳かりける〉（橋本多佳子）と基本の心情は変わらない句と思う。

朝焼や不死鳥空に現れぬ

（角川『俳句』平成二十三年五月号）

東日本大震災があった。「いま、俳句で何ができるのか、被災地にエールを！」と呼びかけた俳誌に、俳壇を代表する百四十人の激励句が掲載された。多くは季節の花などを取り合わせて希望を語る常套句。津波や壊滅など直接的な言葉を用い、復興を祈ると詠んだ句も心には響かない。こうした多くの類想のなかで、何人も使えなかった鮮明な言葉と力強い言い切りの掲句は卓出している。

これまでも主宰の詩的直感力には度々驚嘆させられてきたが、こたびは不死鳥である。みちのくの人々の不屈の精神と未来への信頼が朝焼けに舞う不死鳥となった。幻ではない真実《まこと》をつく句だ。

梅雨明けて津波のあとを日が暴く

（「氷室」平成二十三年七月号）

東日本大震災があった年の夏の句である。被災地の水が引くと元の区画が現れ、ここに人の営みがあったことを思い知らされる。

あれから三度の梅雨を経てきたが、復興はなかなか進まない。瓦礫の撤去されたあと、何も建たない土地に夏日が非情に照りつける。今年も夏草が茂るばかりであろう。

俳句は一瞬を切り取るには向いているが、長い時間の経過を詠むのは難しいとされる。そんなドグマにこだわって自ら世界を狭めるのはつまらない。手足を縛ることはないと勇気づけられる句である。

# 雷雲に飛び乗ってみよ鬼瓦

（『くれなゐ深き』平成十七年）

「氷室」会員に人気の高い句である。嫋々《じょうじょう》とした美智子俳句のなかで、分かりやすく元気のよい掲句に惹かれる人は多い。沖縄の人はシーサーを、京都の人は大寺を想起して、異口同音に「楽しい」と評を書かれた。鬼瓦に向けられた呼びかけを自分への示唆と受け止めた点も同じである。冒険句を試みよと常々言われる主宰の声をこの句に聴き取ったのだ。

今いるところに安住せず雲の高みを目指すには、思い切りが必要だ。さあ、ここまで来いと雷雲は待ちかまえている。

# 遠泳の真顔つぎつぎ到着す

（『くれなゐ深き』平成十六年）

毎年、新入生に遠泳を課す学校がある。泳げない学生は特訓を受け、全員が泳げるようになると隊列を組んで海に出る。足の届かない海では自力で泳ぎ続けるしかない。互いに声を掛けて励ましあいながら、一時間以上かけて二キロを泳ぎ切る。この遠泳を終えると学生はがらりと変わるという。「遠泳の真顔」という凝縮された表現が素晴らしい。格好をつける余裕もなく全力を振り絞り、到底無理と思われたことを成し遂げた顔である。大人であれ子どもであれ、うそのない真顔ほど美しいものはない。

青柿も青柚も秋に入りにけり

（『くれなゐ深き』平成十七年）

「桃栗三年柿八年、柚子の大馬鹿十八年」と言う。拙宅の改築記念に植えた小さな柚子の木はすぐに実をつけた。枳殻《からたち》の台に接ぎ木したものだった。「柿の木持たぬ家もなし」の時代、嫁入りには里の柿の枝を持参して婚家の柿に接ぎ木する慣わしがあったと聞く。

今も柿や柚子は最も身近な果樹である。葉隠れについた青い実が秋に入り色づくと、誰もが嬉しい幸せな気持ちになる。その心で詠まれた句には、明るい「ア」の頭韻が弾んでいる。歌が口をついて出てきそうな句だ。

明日といふ日の在る沙羅の瑞枝かな

（「氷室」平成二十五年七月号）

日本で沙羅《しゃら》の木と呼ばれるのは、夏椿のことである。「氷室」本部の玄関にこの木がある。樹下には花が散りしき、枝には明日咲く蕾が綻びはじめている。清楚な白い花である。朝咲いて夕べには散ってしまうことから、無常を象徴する花として寺院に植えられることが多いのだが、この句で沙羅のイメージは一新された。明日のあることを喜び、一日一日の命を大切に生きようと励ますかのようだ。

緩やかに伸ばした詠い出しを瑞枝《みずえ》という雅語で受け止め、「かな」で収めた立ち姿の美しい句だ。

# 大屋根に人が登りて梅雨をはる

（「氷室」平成二十五年十月号）

大屋根とはお寺の重厚な瓦屋根だろう。

おや、人が登っている。長雨のあと瓦が痛んだりずれたりしていないか点検しているようだ。一渡り見て回ったあと、男はなかなか降りてこない。高いところにいる解放感と梅雨明けの空の爽快さを楽しんでいる風に見える。

理屈から言えば、梅雨が終わったから人が屋根に登るのだが、大屋根に登っている人を見て梅雨明けが実感されたというのだ。

物忌みも言忌みもして茅の輪越ゆ

（『くれなゐ深き』平成十四年）

半年の罪穢れを祓い、夏以降の無病息災を祈る水無月晦日《つごもり》は、神社に参って茅の輪を潜るのが京の習いである。自由に潜れる神社もあれば、神官の後について列を作って潜るところもある。左回り・右回り・左回りと、8の字を書くように三度潜って四度目に抜ける。そのとき、「水無月の夏越しの祓する人は千歳の命延ぶといふなり」という歌を唱える。

そんなことが面白くて軽い気持ちで茅の輪を潜った私は、この句を見て恥ずかしくなった。己の罪穢れを省みることなく、残りの半年の無事を祈願するなど厚かましい。自分に都合のよいことばかり願っても神は味方しないだろうと思ったのである。

# 姉川のいま滔々と青田刔《わ》る

（『くれなゐ深き』平成十四年）

〈姉川や麦の中行く水の音〉（木導）。芭蕉はこの句を「春風や」と直し、「景曲第一の句」と称賛した。その句碑が姉川古戦場跡にある。当時、姉川の中洲で麦が作られていたが、ただ「姉川や」と詠んでも姉川は生きていない。芭蕉はこんな意味のことを言っている。「ただ景色を詠んだだけの句は、古い。一句に曲というものがなくては新しみのある句として成り立たない」。

その曲が難しいところだが、掲出句では「刔る」が要だろう。常はさほど水量もない姉川が五月雨を集めていま滔々と流れ、青田面を切り裂いている。この川を挟んで浅井・朝倉勢と織田・徳川軍が戦ったのは折しも青田の頃だった。「刔る」は対峙する深さ鋭さに通い、当地に残る血原、血川などの名とも響き合って恐ろしく効いている。深い教養と鳥の目を持たなくては詠めない大きな句だと感嘆させられる。

合歓散るといふは則《すなはち》くづれかな

（『くれなゐ深き』平成十六年）

鍛錬会で訪れた駿府城址に合歓の大樹があった。梅雨空を灯すように花を挙げている。〈象潟や雨に西施がねぶの花〉を思わせる優しい風情。顔を寄せると桃のような甘い香がする。長い雄蕊が扇状に広がり、淡い紅が滲んだ刷毛のような形の花。「まゆはきを俤にして」と口をついて出た。元は紅粉《べに》の花の句だが、合歓の花にも使えそうなフレーズである。

すべて芭蕉に詠まれていると思うと溜息をつくほかないが、芭蕉にも散る合歓の句はなさそうだ。そもそも合歓には目立った花びらがない。咲いたあとはもやもやと絮状《わたじょう》になり、触れば埃のようにもろく崩れる。そう、合歓の花は散るのではなく崩れるのであった。写生の眼とそれを言いとめる言葉の冴えを思い知らされる句である。

# 藍甕を抜け来し糸や雲の峰

（『澍』平成五年）

明治初期に日本に来た外国人は、日本を青い国と言った。男も女も藍色の物を着ていたからである。植物染料の藍で染めた布は、消臭、虫除け効果があり、生活のあらゆるものに使われていた。鉄道や郵便局の制服も藍染めの布で作られた。紺は勤勉な日本人の象徴のようになり、サッカー日本代表チームのサムライブルーにまでつながっている。

藍染め体験をしたことがある。土間の中に埋め込まれた藍甕にハンカチを浸し、引き上げると空気に触れて青く発色した。甕覗きという薄い水色だった。味のある洒落た色名である。染めを繰り返すと、浅葱《あさぎ》、縹《はなだ》、紺と次第に濃い色になる。これらの色に染まった糸は真っ白な雲の峰に向かって干される。眩しくも美しい景である。

# 青竹の笛柱なり涼しやの

（『爽旦』平成十一年）

気候のよい初夏のころ、各地で薪能が行われる。京都では平安神宮の朱の社殿の前に能舞台が特設されるのが恒例である。四隅には青竹の柱が立ち、柱と柱の間に張られた注連縄の四手が風に揺れるのも涼やかな舞台である。夕闇が濃くなり篝火が燃えるなか、上手奥の柱のたもとに笛方が構えると幽玄の世界の扉が開かれる。

掲出句は〈金剛座と夏の灯が入る高提灯〉を序とした連作七句の一つである。結びの「涼しやの」が謡の詞を思わせて印象深い。「我がこの所、久しかれとぞ祝ひ、そよやりちや、とんどや」。

# Ⅲ

# 秋

七夕やきのふ遠しとおもひをり

（『踏繪』昭和六十年）

七月七日にこの文章を書いている。雨である。初秋の季語「七夕」は陰暦によれば一月ほどあと。その頃には梅雨も明けて星空が見えるだろう。牽牛星と織女星が年に一度逢うという日、作者に何があったのかと想像を誘われるが、自註には「今日でさえ遥かなのに、昨日となればもはや夢幻であった」とある。時の流れは戻らないという感慨、などと纏めては味気ない。後朝《きぬぎぬ》の想いのような情感を込めたなだらかな調べが、理屈ではなく心を捉える句である。

# 秋はまづ翅を透きたる蟬の死に

（『くれなゐ深き』平成十三年）

立秋は八月七日か八日、暦のうえでは秋といってもまだ暑さの盛り。秋はどこに来ているのだろう。

夏の入道雲にまじって、刷毛で掃いたような巻き雲が姿を現しはじめ、高い空から少しずつ秋という季節が染み出してくる。この行合《ゆきあい》の空を仰ぐころ、落ち蟬を見かけることが増えてくる。息絶えて仰向けに転がっている蟬は秋の濫觴《らんしょう》だろう。透明な翅を開いたままの骸もあり、成虫になってからは七日ほどの命だと聞くとさらに哀れを催す。

「秋立つ・初秋」など、俳句の定型表現はいくらもあるが、それらを使うと句が型に嵌ることになりかねない。「秋はまづ」の詠い出しは作者自ずからのもので、柔軟で自在な言葉遣いに個性が光っている。

# 灯の端に面賣りのゐる地蔵盆

（『踏繪』昭和六十二年）

京都では夏休みも終わりかけるころ地蔵盆をする。子どもたちは手作りの行灯に蠟燭を灯し、守り仏である地蔵を祀り、供え物や町内の大人に囲まれて、普段と違う時間を過ごす。昭和の頃は、綿飴や金魚掬いの屋台なども出て賑わったものだ。

面売りはどこにいるか。灯の端に子どもを待ちうけている。面をかぶったとたん、非日常の世界に連れ去られてしまいそうな不思議な感興が呼び起こされる。「灯の端」がP82で言う「曲」と思われる。詠い出しの五音で人の心をつかんでしまう。

# 秋蟬が声添へにけり千灯会

（『爽旦』平成九年）

古く風葬の地だったといわれる化野《あだしの》・念仏寺では地蔵盆の夜に千灯供養を行う。苔むした石仏が並ぶ境内の西院《さい》の河原に秋の蟬が鳴き、暮れるにつれて蠟燭の灯が揺れると石像の影も揺れ動く。炎には生命のリズムに同調するゆらぎがある。約八千体の無縁仏に供える香華は蠟燭でなくてはならない。
最近は電灯をつけて千灯会と称する催しが各地にあるが、似て非なるものだろう。暗闇に浮かぶ石仏に、亡き親や子に似た顔を探すことができるといわれる千灯会もある。灯明を捧げる功徳か。

空深し芒まだくれなゐのとき

（『爽旦』平成八年）

末黒の薄、青芒、尾花、枯芒。四季すべてに芒の季語がある。芒は季節の推移に心澄ます人の友である。もののあはれは秋こそまされ。つややかな穂芒が秋を告げる。

作者の自我を消したような写生句は、ある意味、俳句のなかの俳句と言える。掲句の個性はむしろ調べにあった。空と芒に分裂しないように「とき」で統御したため、句またがりになったのである。「芒まだ」の口ごもる語調が意味とよく合っていて、しっとりとした句である。

# 鈴蟲の戀に落ちしが鳴けるなり

（『朱鷺色』昭和六十三年）

鈴虫が鳴くのは求愛行動、縄張誇示、喧嘩などの時だが、恋に落ちた虫が鳴いているといわれると、秋のあわれがいっそう深まる気がする。

鈴虫は学名にjaponicusとあるとおり日本の虫である。我々には心地よく聞こえるあの鳴き声は、言語に子音の多い欧米人にとっては、かなり耳障りな雑音でしかないらしい。日本人は虫の音を頭（左脳）で言語化して聞き分ける。この文化を伝えていくためにも記憶しておきたい句だ。すらりとして覚えやすいのは名句の条件でもある。

機音に燈が入る釣瓶落しかな

（『氷室』昭和五十五年）

経《たていと》に緯《よこいと》をくぐらせ筬《おさ》で打ち込む機織の仕事は、中断すると織り具合が微妙に違ってしまう。井戸に釣瓶を落とすように秋の日が沈んでも、根気よく続けねばならない。規則正しい機音を漏らす窓がぽっと明るむ。なるほど機織は釣瓶落しの季題に最も相応しいと気づかされる。優美な和語のみを用いながら糸目の通った鮮明な句だ。

「釣瓶落し」だけでも秋の季題として充分通じるだろうと提唱したのは山本健吉、以後この言い方が定着した新しい季語だ、と歳時記にある。

# 鉦叩故旧のごとく鳴きはじむ

（『澍』平成七年）

鉦叩は体長一センチほどの小さな虫で、姿は見つけにくいが、声は誰にもすぐ分かる。「小さい豆人形のやうな小坊主が……たつた一人、静かに、地の底で鉦を叩いて居る」と言って、放哉《ほうさい》が好んだ虫。

いのちの残照の鉦とも聞こえる寂しい声でチンチンと心の扉を叩く虫。ああ今年も来てくれたかと懐かしく聞く作者。庭に棲みついた鉦叩を故旧に喩えるなど誰にできただろう。「ごとく俳句」はまず成功しないとされるが、「故旧のごとく」からは鉦ならぬ金のお鈴のように冴えた響きが零れる。

# 言はざりし悔いをいくつか露の墓

（「氷室」平成二十二年十月号）

日本人は家族間で日常的に愛情表現する習慣をまず持たない。以心伝心、阿吽の呼吸が理想であり、言葉に出すことはむしろ野暮なこととされる。しかし幽明境《さかい》を異にしては、愛情や感謝の思いを伝えなかったことが、思わぬ強さで悔やまれてくるのだ。失って初めて分かることは多い。

露という季語は水滴の露そのもの以上に、はかない、消えやすいの意味を込めて使われる。露の世、露の身である。墓の前に額ずくとき誰もが共感できて、身に染む句だ。

# 吐魯蕃の秋風沁みし干葡萄

（「氷室」平成二十二年十一月号）

世界中を駆け巡っておられる尾池副主宰（現主宰）から編集部にお土産を戴いた。レーズンである。校正作業を一服してそれを摘んでいると、主宰が一句できたと言われた。物の見えたる光がまだ消えぬうちに言いとむとはこのことだ。

吐魯蕃《トルファン》はシルクロードのオアシス都市で、葡萄棚が何km も続いているとか。干の字にとらわれていた私は「秋風沁みし」の発想に感嘆した。酸っぱくて甘い長粒を含めば、口中に一陣の風が巻き起こる。微かに残る琥珀や翡翠の色調は、西域の人の目もかくやと思わせて異国情緒溢れる干葡萄である。

いのち了へしものへと天の高きなり

（『爽旦』平成八年）

一夏を謳歌した虫たちの多くは卵を産むと生を終える。なかでも至る所に目につくのが蟬の骸だ。翅を広げ天を仰いで転がっている落ち蟬は、非命に斃《たお》れた人のようで哀切きわまりない。やがて形も失せこの世から消えてゆくころ、秋空はいや澄みわたる。命終えたものたちの霊は高い空に帰っていくのだろう。

天高しは漢文に由来する簡潔雄渾の季語だが、助詞「へと」を斡旋して和文脈に生かした句は珍しい。字余りも相俟って芳潤な調べの句。

# 石垣に戦国の風《ふう》白桔梗

（『くれなゐ深き』平成十六年）

直前の句に〈首塚を霧の丹波に二つ訪ひ〉とあるので、丹波亀山城の句と思われる。信長の命を受けて丹波に入った光秀が作った城である。天下取りの戦に明け暮れる時代、城は短期間で造り上げられた。石を加工する時間はない。不揃いの自然石を積んだ野面積みの石垣が今に残っている。その石垣を戦国の風と言うのは核心をついた俳句ならではの表現だ。

辺りには城の霊のように白桔梗が咲いている。教養人であった光秀を偲ばせて余りある気品高き花。土岐氏であった光秀は桔梗紋を用いていた。その人がここを発して本能寺に向かったのはなぜなのか。尋ねてみても花はただ黙っている。

# 萩青し仏足石の五指離れ

（『爽日』平成九年）

この句について考えていて面白い本に出会った。シーボルトのお抱え絵師の手になる人物画帳である。描かれた百九人の足元はというと、八割がたは足袋を履いていない。花魁も豪奢な打掛から足の指を覗かせている。江戸時代、人は大概素足で、足指に草鞋や下駄の鼻緒を挟んでいる。靴を履く現代人としては足の指が妙に印象的な画集であった。

さて、仏足石とは仏がそこにいることを示すしるしである。足形に千輻輪や双魚紋などが彫られた石は、多くは屋外にある。太く深く刻まれた五指は、いつでも救いに駆けつけるという仏の思いを表すのだろうか。頼もしく有り難い仏足石である。

足下安平立相の石の脇に、「この上に足をのせて祈れ」と札が立っていることがある。一度、そうしてみようかと思う。靴も靴下も脱いで。

# 壺擁くやひそみし秋の水の音

（『踏繪』昭和六十二年）

大ぶりの花生けだろうか、水を換えようとして抱きかかえたとき、壺の中で水が鳴った。かくもかそけき音に気づくのも秋気澄む頃である。「ひそみし」からは、水に命を与え水と対話する作者の姿が見えてくる。平凡な「もの俳句」と違う点がここにある。

曇りのない利刀を三尺の秋水と喩えるほど、秋の水は澄んだものとされる。しかし秋には衰え、寂寥の意味もある。この面から秋の水を詠んだ句は多くない。既成の表現や、歳時記のつまみ食いで俳句を作っていては駄目だと反省させられる句だ。

# 病院の長き夜にも消燈時

（「氷室」平成二十三年十月号）

「氷室」十月号掲載の元の句は〈病院の長き夜にこそ消燈す〉であった。「こそ」に込められた意味を伺っているとき、ではこう直しましょうとその場で推敲されたのが掲句である。病院では九時消灯とのこと。作句に選句に集中できる秋の夜長を空しく過ごさねばならない皮肉な気持ちがよく伝わる。夜長という季語にはしみじみした感慨こそあれ苦痛の色は薄いはずだが、消灯後の病室の夜はいかばかり長くお辛いことか。指導を受けられない我々も淋しい。一日も早いご回復をお祈りして。

白湯吹きて湯気なつかしき夜長かな

（『爽旦』平成十年）

秋の夜長は静かな安らぎと人恋しさを覚える頃である。読書や趣味に没頭したり、月や虫を愛でて思いに耽ったりして、ゆたかな時間が流れる。そんな時に茶でも酒でもなく白湯というのは薬を服用するためか。吹き冷ます湯気の奥に、病床にあった頃のことが蘇り、いま生きてある幸がしみじみと反芻されるのだろう。昔のことに心引かれ、何かにつけて懐かしいという感慨を夜長の季語が支えている。

サユ・ユゲ・ヨナガの音が淡く細々として、優しい調べが心に染みる句である。

# だんだんと怖いものなし夜長人

（『くれなゐ深き』平成十六年）

クライマーズハイという言葉がある。アルピニストのそれとは違うだろうが、似たようなことは誰にもある。夢中になって何かをやり続けていると気持ちが乗ってきて爽快になることである。

秋の夜長はその機会に満ちている。「だんだんと」が打ち込んでいる時間の経過を、「怖いものなし」がハイな心境を表している。何時までやってるんだという周囲の苦言も、明日に備えて早く寝なくてはという気遣いもどこかに吹き飛んでいる。こういう高揚感・多幸感は何ものにも替えがたい。表現自体も「怖いものなし」の力強い句だ。

# 休日や棚田を刈りに人が出て

（『くれなゐ深き』平成十四年）

休日に棚田の稲を刈っている人がいる。普段は会社勤めの兼業農家か、棚田オーナー制で田主になった人だろうか。稲作のほとんどが機械化された現代とはいえ、棚田では田植も稲刈も人力によるしかない。腰を曲げる重労働を一人で行うのは大変だ。農家同士助け合うのだろうか。農業体験希望者やボランティアなども交じっているのかもしれない。

棚田は先祖から営々として守ってきたものだ。耕作を放棄すればたちまち荒廃する。田に蓄えられなくなった水が暴れて問題を起こすおそれもある。美味しい米と懐かしい景観のためにも棚田が維持されていくことを願わずにおれない。

仮の世の何処へゆきても黄葉山

（『爽旦』平成十年）

〈分け入っても分け入っても青い山〉。一見似ているが山頭火の思いは明暗二様に解釈されており、この句の系譜ではなさそうだ。「仮の世」と「黄葉」から次の歌に行き当たった。〈秋山の黄葉を茂み惑《まと》ひぬる妹を求めむ山道知らずも〉。逝ってしまった人を尋ね当てられない人麻呂の嘆き。万葉集のもみじ表記は、紅葉一、赤葉一、黄葉七六例とされる（犬養孝博士）。今日では紅葉が主流だが、悲愁の思いを託すには華やかすぎる。黄葉の字で深い喪失感を詠んだ句。

# こころ足るとにはあらねど零余子飯

（『爽旦』平成十一年）

ある年、近くの店で一枡の零余子《むかご》を買ったことがある。その後、季節になれば同じ店に確かめに行くが、二度と見かけない。商業ルートを外れた誰かの遊び心で市場に出たのだろうか。一秋限りの夢のような出会いであった。
塩味を効かせた零余子飯は、白い飯にはない懐かしい秋の陽の味がする。「こころ足るとにはあらねど」と言いつつ、思いは零れて心を満たすのだ。口に残る薄皮に、子どもの頃や田舎のことが蘇る。年に一度は食べたい零余子飯である。

# 墨選りて紙をえらぶも雁のころ

（『踏繪』昭和六十一年）

秋空が澄み、夜長を感じる頃となった。初見のとき、この句の典雅さに恍惚とした。色紙や短冊に染筆することの多い主宰ならではの句だ。「…するも…のころ」の句法は、自分も使ってみたいと思うが、鵜の真似する鴉になりかねない。

枕草子には紙の話が多い。死にたいほど落ち込んでいた気分が、上等の紙を戴いてうそのように晴れたなどと書いている。紙はそれほどの霊力ある貴重品であった。普段は簡便な紙で済ませても、雁の玉章を書く時くらいは紙を選びたいものだ。

# 吉野なり柿の葉寿司も紅葉して

（『爽旦』平成八年）

海のない大和の国では塩をした鯖や鮭は貴重な食材である。ハレの日にはそれを寿司にし、柿の葉に包んでご馳走としてきた。柿の葉の殺菌力を知った昔人の知恵と、日本の「包む文化」がひとつになった名産である。

あるとき寿司折りを開けてみると、いつものくすんだ緑の葉ではなく鮮やかな赤や黄に紅葉した葉で包まれていた。秋季限定で売り出す店があるらしい。吉野に来てよかった。古い歴史や美しいものが大切にされている。ほんのり香る寿司を愛でながら吉野の秋を満喫した作者であった。

# 鶺鴒を先立てて人現る

（『爽日』平成十一年）

水辺の草地だろうか、鶺鴒がつつと走った。止まっては尾を上下に振っている。人を招くような仕草が愛らしい。と、木陰から人が現れた。見た景そのままの報告ではない。「先立てて」で句の世界が深くなった。
松の木の股になったところで樹上坐禅する明恵《みようえ》上人を描いた図がある。周りの木々に小鳥が集まっている。上人は鳥と心を通わせることができたといわれている。森に住んでいた人類の遠い遺伝子に働きかけるような掲句は、そんなことを思い出させてくれる。

# 鳴き立てて衆を恃めり稲雀

（『くれなゐ深き』平成十四年）

　雀は人の生活に最も近くいる鳥だが、最近は住宅地ではあまり見かけない。都市化による餌不足と機密性の高い建物の普及で巣が作りにくくなったためであるらしい。それでも田園地帯では盛んに囀って稲穂を啄んでいるだろう。鳥追いという風習が各地にあるが、雀は稲の害虫を食べてくれるので、コメ農家にとっては益鳥の面も大きいという。
　雀は啄むのも繁殖も集団でする。その「衆を恃む」性を作者も憎んでいるわけではないだろう。小さいものを愛しく見ている気持ちが「鳴き立てて」に読み取れる。

# 檀紙ありてところを得たり仏手柑

（『くれなゐ深き』平成十四年）

手漉き和紙が二〇一四年に世界無形文化遺産に登録される運びになった。今回は申請の対象外だが、檀紙は和紙の代表として文書や包装によく使われる縮緬状の皺のある美しい紙である。仏手柑はこの上に飾られていた。

厚手の檀紙は仏手柑の重みを支え、その白さは主役の爽やかな黄色を引き立てる。床の間であれ卓上であれ、檀紙を敷かれることで仏手柑はところを得たのである。私も祇園で窓を飾る仏手柑を見たことがある。檀紙に水引も添えて正月らしい設いだった。互いに引き立て合うものを按配する京の雅を素晴らしいと思った。人と人もこのようでありたいと思わせられる句だ。

# ありの実といふさびしさを剝いてをり

（『くれなゐ深き』平成十七年）


梅桜紅葉などの枝に結んで文を届けた時代、梨の花は「すさまじきもの」とされて文付枝には選ばれなかった。花よりは実の植物だったのだろう。

その梨の実が出回る時期は桃や林檎と重なる。幸せの象徴のような紅い林檎と比べれば、梨の色は地味であり、愛らしさでは桃に到底敵わない。その韻が「無し」に通ずるとして疎まれさえする。

このさびしい梨を「ありの実」と言い換えて作者は剝いている。剝いて初めて梨の好ましさは見えてくる。豊潤な果汁を湛えた爽やかな食感が梨の持ち味だ。人も果物もさまざまな個性があってこそ楽しい。美貌や才能の輝く人もあれば、自己主張の不得手な人もいる。そんなことを思わせられる。

# 枯蟷螂遭へば殺意を漲らす

（『くれなゐ深き』平成十二年）

蟷螂は秋、枯蟷螂は初冬のものとされるが、緑色の蟷螂が冬に枯葉色になるというのは間違いらしい。もとから褐色の個体もあり、褐色のほうが天敵から逃れられる確率が高いので、初冬まで生き残るということのようだ。

三角の顔に大きな複眼を持ち、脚の鎌（斧）を振りかざす蟷螂は、鎌切、斧虫、拝み太郎、いぼむしりなどと呼ばれて親しい存在だ。どんな敵にも無謀に立ち向かう姿は「蟷螂の斧」と喩えられている。

俳句のいくつかを調べてみると、強気、闘志、怒り、挑む、居丈高などの言葉があったが、殺意とまで言う句はなかった。「漲らす」と相俟って冬を生きる虫の命の輝きが現前した。

# 居催促俳句にもありいわし雲

（「氷室」平成二十八年十月号）

売れっ子の漫画家や作家に仕事を依頼すると約束の日に原稿が貰えないことが多い。矢の催促にもなしのつぶてで、不安になった編集者は遂に仕事場まで押しかける。何がなんでも今日中に原稿を戴きたいと言ってその場を動こうとしない居催促である。こんなことをされては命を削ってでも書かざるを得ないわけで、人気作家も辛いものだ。

「氷室」の編集はいつも主宰宅で行われるのだから、丁稚の居催促とは違う。会誌発行のため種々の事を確認する会話のひとこまに、「まるで居催促ねえ」と反応された美智子主宰は、ふと窓に目を向ける。鰯雲が静かに整っていく空を眺めているうちにこの句が成ったのだろう。ある日の「氷室」編集室を彷彿とさせる句である。

# 好きな句に移り變りや鰯雲

（『朱鷺色』平成三年）

主宰がこんな句を詠まれるのはいかがなものかと言う人も出てきそうだが、私はそうは思わない。季節が移り年齢や経験を重ねるにつれて、よしと思うことも好きなことも変わりながら進化してゆくのが人である、それを率直に表明されたままでのことで、選句基準が揺らいだというわけではないのだから。

選句に際しては、俳句に相応しい姿かどうか、独自の輝きをもっているかどうかという二点さえ押さえれば、その先は好きで決めてよいだろう。行雲流水、この世に絶対不変のものはない。変わってゆく柔らかさこそ美智子主宰の真骨頂ではないかと思う。

# 仮普請のままに百年秋の風

（『くれなゐ深き』平成十四年）

ひと月あれば家が建つ時代、仮普請のままに百年とは、サグラダ・ファミリアのことだろうか。着工は十九世紀であった。建築と並行して修復も行うこと百年を優に超えるが、ようやく完成するという。ガウディ没後百年の節目となる二〇二六年と公式発表されている。スピード時代の世にあって、丁寧な仕事と数多い彫刻が品格を生み人を魅了する教会は、普請の最中にその一部が世界遺産に指定されていた。

人生百年時代といわれる。学習、仕事、引退とステージは変わっても、一生は言わば普請中である。そう考えて秋風に心身を養いたいものだ。「急ぐことは死につながり、ゆるやかに進むことは生を豊かにする」という森の民ピグミーの言葉を思いながら。

# Ⅳ 冬

# 神有の出雲より来し夜の電話

（『澍』平成五年）

陰暦十月の神無月を、出雲では神有月と呼ぶ。全国の神々が出雲に集るからである。その出雲から電話があった。「そのまんま」を詠んでいるだけなのだが、なぜか可笑しい。

目の付けどころが冴えている。古い神話の世界と現代文明の枠（電話）の取り合わせがヒットした。エスプリの利いた楽しい句である。

十月の夜はそっと受話器をあげてみよう。神々の密談や哄笑の声が聞こえるかもしれない。

綿虫に漂ふ刻の過ぎにけり

（『澍』平成七年）

翅が生えて飛べるようになったアブラムシの仲間が綿虫である。この群飛が見られると間もなく初雪が降ることから雪虫とも呼ばれる。白い綿毛に包まれて、飛ぶというより、風になびき漂う。

私が初めてそれと知ったのは西教寺の墓地であった。ほの青く光りながら漂う様に、光秀の魂があくがれ出たかと感じた。掲句は儚げな姿ではなく「漂ふ刻」を詠んだ点が特異だ。生の最も輝く時は、束の間に過ぎてしまう。時間とともにある命の不可逆を感じさせられる重い句だ。

枇杷咲きぬさだかに人の忌を知らず

（『朱鷺色』平成二年）

否定形で句を詠むのは難しい。否定することをなぜわざわざ詠むのかと反発される。だが掲句の否定は断絶的に冷淡に言い放つそれではない。むしろ「知らず」に読み手は共感できる。亡き人を思う契機は日付ではないと気づかされる。季語の力である。

その人は枇杷の咲くころ亡くなったのか、高貴に匂う枇杷の花のようなやや遠い人だったのだろうか。匂いが記憶を呼び覚ますことは誰でも経験して知っている。このプルースト現象は科学的に解明されつつあり興味深い。サとキの調べが美しい句だ。

# たましひの呆けあそびの返り花

（『氷室』昭和五十七年）

桜や躑躅などが冬にも咲くことがある。この狂い咲きを返り花ということ自体、すでに詩であるが、俳人好みの季語としてよく詠まれる。最も多いのは咲いている場所と取り合わせた句。次が自分の生に引きつけて返り花に思いを語らせる型の句。掲句のような一物仕立ての句は少ない。一句一章は季語の説明をしただけになるおそれがあり、巧く詠むのは実に難しい。

仕事や子育ての季節を終えたあと、人生の小春日和に恵まれて俳句に遊ぶ人は多い。魂の呆け遊びとはそういう中高年者へのエールとも読めて味わい深い。

宇治なれや茶の花咲かす橋の上

(『くれなゐ深き』平成十四年)

二音の地名は「○○なれや」とよく詠まれる。その後に何をどう付けるかが問題だが、掲句はどうか。茶所宇治に茶の花が咲くのは当然のことであり、宇治なれやと勿体つけて詠むほどのことでもない。句の鍵は後半八音にある。

宇治橋は古くから歴史の舞台にもなった名橋であるが、車時代には交通のネックになっていた。五車線の広い橋に架け替えるとき、歩道の植樹枡に茶の木が植えられた。作者はこれに共鳴しているのである。三の間も擬宝珠も桁隠《けたかく》しも昔のままに再現して、古都の歴史的景観に調和した橋であればこそ「宇治なれや」と言い得たのだ。

近松忌搔き上げし髪冷えびえと

（『澍』平成七年）

近松といえば浄瑠璃。浄瑠璃といえば誰しも思いうかべるのが、（近松の作ではないが）「今頃は半七つあん、何所にどふしてござらふぞ。今更返らぬことながら……思へば思へば……」と口説く女の姿。

〈西鶴の女みな死ぬ夜の秋〉（長谷川かな女）。これは客観的な詠みぶりだが、掲句では浄瑠璃の主人公と作者が一体になっている。即《つ》きすぎと言われるかもしれないほどに。忌日の句はその呼吸が難しい。近松忌は陰暦十一月二十二日。

すぎし刻声あげて来る古日記

（『氷室』昭和五十六年）

人はどんな時に日記をつけるか。人生になんらかの展開や危機が予想される場合であろう。この年、父上の死、自身の病気の兆し、「林」関西支部の発展などがあった。読み返せば過去が声あげてくるというほどに痛切な時間が流れたとしても、鞭打たれつつ作者にはカタルシスもあったように思える。過去の自分と向き合って未来の自分を励ます。〈己れ恃み身ほとり切に雪舞はす〉。同年の句である。贅言《ぜいげん》を一つ。多くの日記を比較研究した紀田順一郎氏によると「日本人の日記は本質的には俳諧」とのことだ。

# まっすぐに降る雨京の蕪蒸

（『朱鷺色』昭和六十三年）

「発句は畢竟取合物とおもひ侍るべし。二ツ取合て、よくとりはやすを上手と云也」（芭蕉）。

音もなく降る雨と蕪蒸の配合から冬の京のお座敷を想像してみるが、筆が進まない。このような叙述抜きの取り合わせ句は鑑賞するのが難しい。俳句を味わうには無限の知識経験が必要だ。蕪蒸にしても身体五感レベルで知らないと鑑賞は浅いものになるだろう。まして、ものを知らなければ句は素通りするしかない。俳句を楽しむためにも見聞を広げ、勉強しなくてはならないと思うが、もうあまり時間がない。

鈴生りも木守柿とぞいふべかり

（『澍』平成七年）

柔らかな柿若葉、鈴生りの実や柿紅葉の色は、日本の原風景を美しく彩ってきた。医者いらずといわれる栄養豊かな実。また渋取や家具材としても柿の木は大切にされてきた。今は商品になるブランド柿を除き、実を採る人も減って、秋の末になっても鈴生りのままの木を見かける。

来年の実りを祈願して数個の実を木に残しておくのが木守柿ではなかったのか。この言葉も精神も忘れられてゆくのかという句である。

# 暦果つわれに厄年無くなりぬ

（「氷室」平成二十三年一月号）

一年が終わりまた一つ歳を重ねることになった。暦を見て、この先自分にはもう厄年はないのだと思う、「氷室」の会員の多くがそういう年齢である。

厄年の根拠は判らないが、厄祓いは世の習俗として続いている。人生の節目であるとされる厄年。これらの年齢を無事に通り抜けてきたと振り返れば、それを喜ぶ気持ちに、一抹の寂しさも綯《な》い交《ま》ぜになるだろう。還暦を過ぎたら古稀、喜寿、米寿など目出度い年齢を重ねて生き抜くばかりである。新年がよい年になることを祈りつつ。

冬至南瓜抱きて帰る家ありぬ

（『氷室』昭和五十五年）

「この句、男性に好評だった」と自註にある。南瓜を抱えていそいそと家に帰る幸せな人妻をイメージしたのだろう。一方、女性の一部は別の読み方をした。家庭責任は重い桎梏《しっこく》だという嘆きの声と聞いたようだ。句は「家ありぬ」と言うだけだから、さまざまに解釈できる。各人の思いや願望が反映された解釈を一つに纏める必要はない。句会ではフランクに話すことで交流も深まる。性や立場によって凝り固まっていたことに気づいたり、胸の内がほぐされたりする句会は楽しい。最後の「ぬ」に込められた思いはどんなものだろうか、次句を併せて鑑賞したい。

次の世は男がよけれ翁の忌

# 鰭酒の酔ひは悪事を唆す

（「氷室」平成二十二年一月号）

炙った河豚鰭《ふぐひれ》に湯気の立つ熱燗を注ぐ。鰭酒は、もとは質の悪い酒を特級酒に変える手段だったらしい。それにしても「悪事を唆す」とはなんと豪気に言い放ったことか。悪に惹かれる気持ちは誰の胸にも多少あるだろう。酔えば自制心の箍が外れて、何をしでかすか分からないのが人である。酒は悪魔の水ともいわれる。心の奥の暗く凶暴な部分を刺激するのは鰭酒に限ったことではないのだが、句の勢いは有無を言わせない。非日常の痛快さがピカレスク小説に似て、やんちゃな句である。

# 鬼は外よき人のなぜ早く死ぬ

（『澍』平成七年）

鬼は外と厄を祓う。年の豆を数えて己の馬齢を思うとき、佳人善人や才豊かな人から先に死ぬように感じるのは辛い。私がこの句から想起するのは子規の若すぎる死である。膨大な俳句分類、俳句革新の仕事をなした子規に、時間は人の半分ほどしか与えられなかった。「病床六尺」を一歩も出られなかった子規は、死ぬ半日前に絶筆三句を仰臥の姿勢で書いた。〈糸瓜咲いて痰のつまりし仏かな〉。仏とは自身のことである。嗚呼。

故富井前副編集長にこの句を捧げたい。

寒垢離を見てより罪を負ふごとし

（『氷室』昭和五十八年）

水沢腹堅《さわみずこおりつめる》の寒中に冷水を浴び滝に打たれる荒行である。この句を知ってから は歳時記に出ている多くの句が色褪せて見えた。昔は寒の三十日間、井戸の水を浴びて技の上達を祈願する職人などもいた。こういう季語の本意を忘れて、外面を撫でただけの精神性のかけらも感じられない句ばかりでがっかりした。

立つだに寒い谷底の垢離場。白い炎となって一心に祈る姿を拝する。その時の粛とした気持ちはなんと言えばよいのだろう。句はそれに答える。ぬくぬくと生きる己が罪深さを知るというのである。

# 喪籠や日脚勝手に伸びてゆく

（「氷室」平成二十二年三月号）

いつもの優美な調べの美智子俳句と趣きが違う。勝手にという無造作な言葉に目を疑いつつ、主宰が快復された証を読み取った。喪心の重い時は、人の動きにも自然の変化にも気持ちが向かないものだ。
「勝手に」伸びる日脚の軽快は、意味からも音韻上も喪籠の重さを跳ね返す。試みに他の言葉をいろいろ考えてみると、これに勝るものがないと判る。勝手にとは勢いの代名詞のようなものだ。子供は勝手に成長し、日脚は勝手に伸びてゆく。「勝手＝迷惑なこと」の無意識を逆転させた力強い句。

翅たたみなほしこの蝶凍てむとす

（『くれなゐ深き』平成十六年）

蝶は春の季語である。夏から秋へ何度も世代交代して冬蝶となる。冬蝶は見かけたと言うだけで詩になる素材である。日当たりのよい所で翅を広げて冬日を吸い、微かに息を継いでいた蝶が、決然と翅を畳み直すまでを作者は凝視した。合わせた翅をキリリと背に立ててこそ蝶である。「この」と目の前に差し出されたことで、凜とした蝶の命が鮮やかな残像を結ぶ。

蝶が美しくいじらしい物だというのは必ずしも常識ではないらしい。万葉集に蝶の歌はまったくないそうである。なぜなのだろう、不思議なことだ。

夜の驛や温石のごと罐コーヒー

（『朱鷺色』平成五年）

温石を抱いて寒さを凌いだ経験はないが、似たようなものを子どものころ使っていた。焼いた豆炭を石綿にくるんだ弁当箱型の行火である。温石も行火も唐音に読むのが面白い。どちらも身が温まるだけではなく、手間かけて用意してくれる人への思いで心も温まるものである。優しい読みもうれしく頷ける。

寒風の吹きすさぶ夜の駅。熱い缶コーヒーで暖をとるのはよく見る景だが、温石を比喩にしたことで句は「熱」を発した。懐旧の思いが沸々と呼び出され、うたた今昔の感に堪えない。

# 心動くときは囲炉裏に掌を返す

（『爽旦』平成十年）

火にあたるとき、表に裏にと何度も掌を返したりすれば、清少納言に「にくきもの」と睨まれるだろう。だがこの句の掌は一度だけ返したのだ。炉話を聞いていて、あっと思うことがあったのか、囲炉裏の前で考えごとをしていて、ふと心が決まったのか、火にかざしていた掌が返った。

普通の言葉を当たり前に並べたようでありながら、「その時」を見逃さない切れ味の鋭い俳句である。人間の心の機微を鮮明に見せてくれる。

# 月痩せてゆきぬ対ひて木守柿

（『くれなゐ深き』平成十三年）

今年（平成二十七年）はスーパームーンが話題だった。十五夜の月は時おり雲に隠れたが、雲が去ると眩しいほどに輝いた。近点満月は遠点のそれより三割以上も明るいという。十六夜、立待、更待と姿を変えてゆく月を確かめたくて、私は夜ごと空を見上げた。月はおそろしい速さで欠けていった。

仲秋の名月が痩せてゆく頃から、柿は枝も撓《たわわ》に熟れる。朔望が三巡りもするうち、大方の実は捥がれて木守だけが残される。青空に朱を点じる木守柿は絵になる景だが、常套的な対比では詰まらない。月の運行をも統べるような掲句の木守柿には揺るぎない存在感がある。「色不異空、空不異色」の体現のように、この世を見守っている。

# 霜の土が握りてゐたる木の実かな

（『くれなゐ深き』平成十五年）

朝晩の冷え込みが厳しくなり、山は紅葉で彩られるころ、初霜の知らせが聞かれる。二十四節気でいう霜降である。道端や草木にうっすらと白いものが見えると季節の変わり目が実感される。地表に霜柱が立つのは厳冬になってからだ。

さて掲出句は、霜柱が持ち上げた土に木の実が抱かれていたという。作物を根ごと浮き上がらせることのある霜柱は農家には嫌われるが、作者の思いは逆で温かい。命を育む母なる土は木の実を握って放さず、木の実のほうも離されまいとしているように感じられたのを、擬人法と「かな」で詠まれた。

# 宇治川のつねに奔流浮寝鳥

（『くれなゐ深き』平成十二年）

琵琶湖から流れ出た瀬田川は、山間部を曲折して流れ、京都府に入るあたりで宇治川と名を変える。宇治は平安貴族の別荘の地であった。その代表として残るのが平等院で、そこに描かれた浄土の景そのままに宇治川は鳥の楽園になっている。

鳥が浮き寝しているのは長閑な景だが、水面下では激しく足を動かしているにちがいない。その昔、先陣争いをした騎馬武者が真っ直ぐに渡れなかったほど宇治の流れは速い。句は「つねに奔流」と七音で鮮やかに切り取った。動詞を使わない俳句の切れ味を示す手本のような句である。

# 苔の地の起伏のかぎり実万両

（『爽旦』平成十年）

奈良は秋篠寺の門前、京都では三千院の奥などにこのような庭がある。降りそそぐ木洩れ日に苔が輝き、手前にも木立の奥にも万両の赤い実が見える。池泉回遊式庭園の完璧すぎる美とは違う、自然な趣きに心も伸びやかになる。疎林の広がりを感じさせる「かぎり」の三文字が流石だと思う。仮に「起伏の続く」などと比べてみると違いは歴然とする。

漱石の句に〈有る程の菊抛げ入れよ棺の中〉という句がある。初案は〈棺にも菊投げ入れよあらん程〉だったという。これらの修飾、限定する副詞的な言葉を上手く使いこなしたいと思う。

# 不器用な鴨の潜きや陰見せて

（『爽旦』平成十年）

先日、さざなみ句会吟行で湖北に鴨鍋を囲んだ。肝、砂ずり、心臓、砕いた骨のつみれ等も大皿に盛られ、鴨を余すところなく戴いた。浮寝鳥などと雅に詠まれる鴨は、人が食べるものでもあったことを再認識させられた。その鴨は水に潜って餌を探すとき、水面に逆立ちの格好になる。尻を突き上げ陰まで見せているのは愛らしくもあり、また無様にも見える。八丁潜りの異名のある鳰とは違って潜り切れない鴨を「不器用」と詠んだのがおもしろい。

芭蕉は〈蚤虱馬の尿する枕もと〉〈鶯や餅に糞する縁の先〉などの句で、俗語に魂を与えた。掲出句の陰はその流れを汲んでいる。尿はバリ、シト、糞はクソ、マリ等の読みがあるが、陰はホトだろう。

# V 新年

初茜横雲未だ覚めやらず

（『爽旦』平成十二年）

四方を山に囲まれた京都は、朝夕の空の色や雲の様を見るに相応しい都である。ことに元旦の空には新春の瑞祥が満ちみつ。まだ初御空とまではいえない、明け切らない頃を句は詠った。初茜には「暁光が身に沁みこむような感じがある」と飯田龍太が書いている。句からは、淑気に包まれて佇む作者の姿まで見える。柔らかな和語のア音が玲瓏《れいろう》と響き、古典の雅を汲んだ美しい句である。

春の夜の夢の浮き橋とだえして嶺にわかるる横雲の空　藤原定家

# 曾孫を見せに母がり初雀

（『朱鷺色』平成四年）

孫が出来たのを実家の母に見せに行ったという句である。曾孫は母からみた言葉ということになる。一句のなかに視点が混在しているが、日本語の自在さを駆使した句と言えよう。自註に「心身衰えた母だったが曾孫は解ったらしく喜んでくれた」とある。

長命に恵まれる現代でも、このような幸に遇える人は少ない。初雀の季語が生きている。嬰児を中心にして明るく話のはずむ窓辺が目に見えるようだ。母・作者・子・孫、四世代の女性の命の流れを初雀とともに言祝ぐ句である。

# 雲の影ゆたりと置きし雪の富士

（『澍』平成八年）

縁起のよい初夢を「一富士二鷹三茄子」と言う。茄子がなぜ目出度いのかに諸説はあるが、富士に異論を唱える人はいないだろう。富士はいつ見ても日本一の山であり、冠雪の富士はとりわけ神々しく美しい。雲の影を置いた掲出句の富士にゆるぎない存在感がある。仮に、「ゆつたり」と音を詰めると景が小さくなり、「置いて」としては説明に堕してしまう。天地一体となった富士の雄姿に心情の陰影を反映した「ゆたりと」を味わいたい句である。

さて初夢であるが、「長き夜の　遠の眠りの　皆目覚め　波乗り船の　音の良きかな」、すべて平仮名に直すと回文になっている。宝船の絵とこの歌を枕の下に敷いて眠ると、よい夢が見られるという。試してみたいと思う。

# 三日はや夫も子も持つひとりの燈

（『氷室』昭和五十七年）

「元日は嬉し二日は面白し」と過ぎた三が日の最後の日。夕食を済ませた家族はそれぞれの自室に引き取ってしまった。「はや」にはこの日の矛盾する二つの気持ちが読み取れる。「三日はや」と調子づけて詠む句は多いが、「はや」をこれほど巧妙に使った例を知らない。

「夫も子も」には「私も」が裏書きされている。妻であり母であることに収まりきらない私。私になる時間が句を生み出す。自分の世界を「ひとりの燈」と目に見える形で詠った滋味を掬《きく》したい。

むかし菓子といふは固きよ絵双六

（『爽旦』平成十二年）

「固き」と括ったのが簡単に見えるが秀逸な技。むかし菓子は金平糖、雷煎餅、拳骨飴など名前からして強面だ。哺乳瓶のゴムの乳首にはじまり、軟らかい物で育てられる現代っ子は噛む力が弱い。子供が切れやすいのもこれと無関係ではないといわれている。

遊びも変わった。皆で遊ぶ楽しさや、遊びを通して対人認知を学ぶ機会も奪われた。子供の閉じこもりが増えている。明るい郷愁を呼ぶ季語の裏面から、現代への批判が立ち上ってきた。

# 羽子板の裏繪てふこの淡きもの

（『朱鷺色』平成元年）

正月の主宰宅に羽子板が飾られる。表は彩り溢れる豪華な押し絵。その裏板に絵を描くのが飾り羽子板の伝統である。松竹梅などがあっさりと描かれているのが多い。

繊細な感受性で、裏にも心を配るのは日本人の特性だろうか。これは現代の製造業にも生きている。例えば、品質の高さで世界を席巻した日本車。見えないところまで磨いて作ることに驚嘆の声が集まる。

句に戻れば、しみじみと優しい情を呼び起こす句だ。「淡き」の一語に集約して、抑えがちに詠んだのが逆に深い味わいを醸し出した。

# 独楽の紐垂らして兄に従へり

（『くれなゐ深き』平成十四年）

お兄ちゃんのように上手に独楽を回したい。弟は紐の巻き方を教えてもらいたがっている。兄のほうは瘤《こぶ》のように蹤《つ》いてくる弟を振り切って仲間のほうに駆け出していった。慌てて兄の後を追う弟。「紐垂らして」が実に佳い。大きい子や小さい子が一緒になって遊んでいた頃の兄弟の姿が活写されていて、可愛らしさに微笑む句である。

今は独楽回しの道具や競技盤があると小学生の男児に見せてもらった。子供は単純なものを遊び道具に替える天才なのに、出来すぎた遊具では、その物に操られるばかりだ。遊びを通して器用さや人との接し方などが育つのか心配される。

# あとがき

ふり返ってみれば「氷室」主宰として在任し、二十五年がたっていました。こうして我が身をみても諸兄姉をみてもみな齢を重ねてしまいました。

今回は、角川文化振興財団にお力添えをいただきまして、「氷室」の皆さまの努力を表に出すことができました。

自画自賛と言われるかもしれませんが、後々に残せることができれば嬉しい限りでございます。

何卒ご高覧下さいませ。

平成三十年六月

金久美智子

# 謝辞

本書は「氷室」に連載した「この月の一句」をまとめたものです。毎月の季節感に合う一句を美智子主宰の句から選び出し鑑賞するのは荷の重いことでしたが、十一年以上も続けることができ、本にまでしていただけたことは感謝に堪えません。すべて美智子俳句の魅力の賜です。出版に際して元句の旧漢字はそのままにしています。角川『俳句』編集部の皆様のご助言で、鑑賞文にはルビを増やして読みやすくしました。有難うございました。これまで温かく見守っていただいた先生はじめ、ご指導ご助言いただいた皆様に心よりお礼申し上げます。

平成三十年六月

小野　耐

＊本書は俳誌「氷室」に二〇〇六年六月号から二〇一七年十一月号まで連載された
「この月の一句」に加筆修正の上、刊行したものです。

## 著者略歴

金久美智子（かねひさ みちこ）

昭和5年3月19日　東京生まれ
昭和52年　小林康治に師事
平成4年12月　「氷室」創刊主宰
平成30年1月　「氷室」名誉主宰

現　在　俳人協会評議員、国際俳句交流協会評議員、
　　　　日本文藝家協会会員

著　書　句集『氷室』『踏繪』『朱鷺色』『澍』など

住所　〒601-1432　京都市伏見区石田内里町59
電話　075-572-0035
FAX　075-575-2333

小野　耐（おの たえ）

昭和18年3月30日　大阪生まれ
昭和40年　京都大学文学部卒
平成13年　金久美智子に師事
平成14年　「氷室」同人

住所　〒610-0121　京都府城陽市寺田大谷115-99

# 金久美智子《かねひさみちこ》の四季《しき》の一句《いつく》

初版発行　2018（平成30）年8月10日

著　者　金久美智子（俳句）　小野 耐（鑑賞）
発行者　宍戸健司
発　行　一般財団法人 角川文化振興財団
〒102-0071 東京都千代田区富士見1-12-15
電話 03-5215-7819
http://www.kadokawa-zaidan.or.jp/
発　売　株式会社 KADOKAWA
〒102-8177 東京都千代田区富士見2-13-3
電話 0570-002-301（カスタマーサポート・ナビダイヤル）
受付時間　11:00 ～ 17:00（土日 祝日 年末年始を除く）
https://www.kadokawa.co.jp/
印刷製本　中央精版印刷株式会社
編集協力　大蔵 敏


落丁・乱丁本はご面倒でも下記KADOKAWA読者係にお送り下さい。
送料は小社負担でお取り替えいたします。古書店で購入したものについてはお取り替えできません。
電話 049-259-1100（10時～17時／土日、祝日、年末年始を除く）
〒354-0041 埼玉県入間郡三芳町藤久保550-1
 ISBN978-4-04-884202-0 C0092